Puits de Burey

---

20 JOURS AU FOND D'UN PUITS.

RÉCIT

du Puisatier PREVOST.

Au profit de la Victime.

ROUEN

IMPRIMERIE GIROUX ET FOUREY,

Rue de l'Hôpital, 25.

1878

20 Jours au fond d'un Puits.

LE PUISATIER DE BUREY (Eure)

Puits de Burey

20 JOURS AU FOND D'UN PUITS.

RÉCIT

du Puisatier PREVOST.

Au profit de la Victime.

ROUEN

IMPRIMERIE GIROUX ET FOUREY,

Rue de l'Hôpital, 25.

1878

RÉCIT DE PREVOST

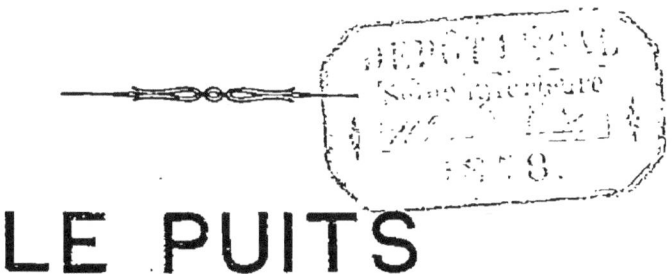

LE PUITS

Auprès de l'église de Burey (Eure) sur un petit carrefour contigu au cimetière, le conseil municipal résolut de creuser un puits à eau. L'opération paraissait dangereuse à certaines personnes. On disait, en effet, qu'une marnière avait autrefois existé en cet endroit. Le puits fut commencé, on prit toutes les précautions voulues en pareil cas, faisant usage de plions, ou petits arbres flexibles de la grosseur du poignet, que l'on plaçait côte à côte, à partir de l'orifice du puits jusqu'à l'endroit où travaille le puisatier.

On verra plus loin que ces plions qui auraient pu me tuer avant les terres éboulées, m'ont au contraire sauvé la vie.

C'était le mercredi 3 octobre, à deux heures après-midi. Je venais de quitter ma mère qui m'avait fait des recommandations de prudence. Je descendis dans le puits et me mis à travailler. Quelques instants après, un conseiller municipal, M. Lamoureux vint s'assurer de l'état des travaux et descendit à son tour. Rien jusque-là ne semblait indiquer le drame qui va se dérouler.

Le conseiller municipal était remonté depuis cinq minutes. J'étais occupé à placer des cailloux pour emplir une excavation derrière le mur que nous construisions. J'avais, à mes pieds, un baquet dans lequel on avait descendu des matériaux. Tout à coup, une boule de terre de la grosseur de la tête, tombe auprès de moi ; en même temps, un bruit semblable à celui que feraient les ailes d'un moulin ou d'une volée d'oiseaux se fit entendre. Je sautai après la corde à la hauteur d'un mètre, en appelant à l'aide. Mais les plions qui tombaient me blessèrent les mains et me firent retomber dans le baquet. Je voulus sortir de ce baquet ; dans les efforts que je fis, mes sabots et mes chaussettes restèrent pris dans la terre éboulée.

Tout cela avait duré six secondes, vingt

fois moins de temps que je n'en mets à le dire.
J'étais dans une obscurité complète et prisonnier. Mes jambes étaient prises. Sur ma tête
des plions m'écrasaient ; je faiblis. Ma main
rencontra une énorme pierre; c'était le mur
de consolidation du puits. Comme au moment
de l'éboulement je me trouvais sur un établi
de quatre pieds, un pied de terre environ
étant tombée sur cet établi, je pouvais m'asseoir à une hauteur de sept pieds qui était
celle de la maçonnerie.

Mais j'étais dans l'obscurité la plus affreuse,
dans un espace où un enfant n'aurait pu se
mouvoir. Je cherchai alors à reconnaitre la
forme exacte de mon étroite prison.

Les plions circulaires, en tombant, s'étaient
légèrement ouverts, et avaient laissé un intervalle ayant la forme d'un croissant. Impossible
d'étendre la main plus bas que le genou, faute
d'espace ; à droite, à gauche de mes jambes,
un centimètre ou deux. A la hauteur des
hanches, pas un millimètre de chaque côté,
ni en arrière, j'étais bien comme dans un étau.
A la hauteur de la poitrine, j'avais soixante
centimètres en largeur, c'est-à-dire que mes
épaules étaient prisonnières, à un centimètre
près. En face le buste et la tête, j'avais de quinze

à vingt-cinq centimètres; c'est-à-dire que pour promener mes mains de ma figure à mes genoux, je devais les rapprocher de mon corps. Ces difficultés étaient pour moi une nouvelle torture.

Et j'étais vivant!! dans ce cachot, à vingt-cinq mètres sous terre. A droite, à gauche, des pierres froides, des bouts de bois, des plions. Mes pieds privés de leur chaussure, sont dans la terre, et je sens la chaleur m'abandonner lentement; il me semble que le sang se retire de mes jambes pour refluer vers la tête. Mes yeux me font un mal horrible; j'ai beau les ouvrir tout grands, je ne vois rien. D'ailleurs, comme je m'attends à ce que la terre achève son œuvre en me recouvrant entièrement des genoux à la tête, je ferme les yeux sans espoir de les rouvrir jamais.

Je suis oppressé, suffoqué, haletant; une sueur froide m'inonde et me glace. Peu à peu l'engourdissement devient général, et je sens que je m'endors. Ma tête se pose sur un plion, faisant une saillie de quatre centimètres; mais lui-même je le sens fléchir; je comprends que ce morceau de bois a une mission providentielle; je comprends qu'en

m'appuyant dessus pour soulager mon acca-
blement, je le ferais descendre, et que la
terre m'étouffera tout de suite. Alors, quoique
sans espoir, je suis effrayé de déplacer ce
bois qui va causer ma mort immédiate. Je
relève la tête, malgré mon horrible fatigue,
et alors je songe qu'il y a dix minutes j'étais
vivant et libre ; il me semble encore entendre
le bruit des plions et de la terre en tombant ;
voir, à travers mon vertige, les cailloux
s'entrechoquer dans leur chute, en faisant
jaillir des étincelles.

. J'étais enseveli vivant à vingt-cinq mètres
de profondeur ; onze mètres de terre me
cachaient la lumière du jour, le chemin de
la terre ; vivant, et à quelques pas de moi se
trouvait la maison de ma mère ; et je regret-
tais de n'avoir pas été écrasé sur le coup, car,
nul doute pour moi, j'étais bien dans un
tombeau destiné à mourir de faim.

Alors, je pleurai, et j'appelai ma mère ; et
il me semblait la voir là-haut au bord du
puits. (Elle y était, en effet, et elle a vu
s'ajouter six nouveaux mètres d'éboulement
comme pour mieux clore la prison où agoni-
sait son fils.)

Je m'assoupis ensuite quelques instants,

et en me réveillant, mes pensées furent pour mon petit frère qui a neuf ans et pour ma gentille petite sœur Isabelle, de trois ans, qui, à mon retour à la maison me couvraient de caresses.

Il me sembla voir aussi, comme dans une vision, mon père accouru de Trouville où il travaillait, et qui creusait avec énergie ; et je me mis à crier quatre fois ; « dépêchez-vous ! Otez cela, que j'y voie. »

Mais jamais je ne me suis évanoui.

Quelques heures plus tard, j'ai su depuis que c'était la nuit, j'entendis le bruit des pioches. Je suis sûr de ce fait ; car sans pouvoir apprécier au juste le temps écoulé, je savais que j'étais enseveli depuis quelques heures seulement. Ces coups de pioche parvenaient à moi distinctement. Le son me paraissait venir d'en bas et d'en haut, au-dessus de ma tête, dans le puits même où j'étais ; et j'étais convaincu que lorsqu'on arriverait à moi je serais écrasé.

Ajoutez que non-seulement le froid me faisait souffrir cruellement, mais aussi la soif. Je me disais : « J'ai mangé trois poires à mon dîner et je n'en ai pas une ici.

Mais je n'étais pas le seul être vivant enseveli; comme moi, de petites mouches, en assez grand nombre, étaient prisonnières. Ces petites compagnes de mon infortune, que j'aurais souhaité de voir voltiger aux rideaux de mes fenêtres, étaient alors pour moi de cruelles ennemies. Elles s'acharnaient sur ma figure et me taquinaient affreusement. Je leur fis la guerre; mais ce n'était pas chose facile vu l'exiguité de mon tombeau. Néanmoins, une à une, j'en tuai quarante-neuf pendant les huit premiers jours de ma captivité.

J'avais quatre allumettes dans ma poche. J'y songeais quelque fois, mais comme je n'avais pas de chandelle, je réfléchis que j'augmenterais mes angoisses en contemplant les murs éboulés qui composaient ma froide cellule. Donc, mes allumettes restèrent intactes dans ma poche. Mes yeux étaient presque constamment fermés. D'ailleurs pas la moindre lumière; puis je craignais qu'il ne tombât encore de la terre.

Au bout du troisième jour, environ, ma soif était insupportable, ma gorge était une fournaise. Je sentais comme deux œufs de poule qui m'étouffaient. J'essayai de manger du tabac, mais comme je n'en avais pas l'habitude, le mal au cœur me prit. Mal au cœur,

mon Dieu, et pas une main amie, pas la main
de ma bonne mère pour soutenir mon front
dégouttant de sueur ; rien que ce seul plion
qui me présentait son échine dure et raboteuse
sur laquelle je me meurtrissais les coudes et le
front au moment où je défaillais. Le reste ne
peut s'exprimer, je laisse à l'imagination des
personnes qui suivent mon récit, d'y suppléer
pour ce moment où, défaillant, je n'avais pour
lit qu'une pierre froide ; pour appui, qu'un
mur de marne ; pour couverture sur mes
jambes et sur mes pieds nus que de la terre et
des cailloux ; et pour appuyer ma tête agoni-
sante, qu'une branche d'arbre qui m'aban-
donnait aussi et menaçait de terminer d'un
seul coup ces trois premiers jours du plus
affreux martyre.

Mais ce cruel moment se passa. A lui seul,
il me parut un siècle. Il est probable que sans
cet essai de manger du tabac, j'aurais essayé
de calmer mes souffrances en mangeant de
la terre ou de la marne. Mais mon dégoût fut
tel que je n'essayai de rien jusqu'au huitième
jour.

Dans mon assoupissement, je ne me rendais
pas compte du temps, du jour ou de la nuit.
Hélas, j'étais dans une éternelle nuit. Il me

semble que je sommeillais un quart d'heure et qu'ensuite j'étais quelques minutes éveillé.

Au bout d'un temps qui m'a paru bien long, j'entendis de nouveau les coups de pioche, mais plus rapprochés. Longtemps plus tard, je distinguai des voix : je tressaillis, je fis un effort inutile pour faire un mouvement. Immédiatement, j'entendis nommer M. Lepouzé ; puis, un ouvrier parler de sa fille au Neubourg. J'ai appris depuis qu'il y avait encore quatorze pieds de terre à enlever pour arriver à moi.

Alors, j'appelai de nouveau. Les ouvriers ayant entendu une voix et ne sachant d'où elle venait, allèrent à l'autre puits et s'assurèrent que personne ne causait. J'entendis alors qu'ils se dirent à haute voix : « Ecoutez, écoutez ! » Je profitai de cet intant de silence et je criai : « Dépêchez-vous, je ne suis pas blessé ! » Alors, je les entendis dans un grand trouble. On m'a dit, et je le crois sans peine, que le père Lefebvre, un brave marneron qui vient quelquefois chez nous et qui m'a tenu bien des fois sur ses genoux quand j'étais petit, se prit à pleurer à chaudes larmes en entendant ma voix. On le remonta ainsi que Blanvillain, trop ému pour continuer à creuser. Dès cet instant les coups de pioche redoublèrent.

Dire ce que j'éprouvai en écoutant la voix des hommes que je ne croyais plus entendre me serait impossible. Cela me fit une sensation étrange, indéfinissable. On vient, me dis-je, on ne m'oublie pas ; et je reprenais espoir car je comprenais distinctement cette fois que les travaux étaient dirigés par une galerie latérale, et non audessus de ma tête. Et puis on m'avait entendu et parlé, et, point important, je croyais que l'on était convaincu de ma mort, et je supposais que, me sachant mort, on travaillerait moins vite que me sachant vivant.

Je demandais fréquemment à boire et j'entendais qu'on me répondait par des promesses et des encouragements.

J'étais enseveli depuis sept jours, du mercredi 3 octobre à deux heures du soir au mercredi 10 à la même heure, où je pus me faire entendre, et malgré l'énergie des travailleurs, ils ne purent arriver à un mètre de ma prison que le jeudi, à dix heures vingt-cinq minutes du matin.

J'avais donc entendu des promesses de secours pendant dix-huit heures.

Mais je n'étais pas sauvé et je devais passer ainsi douze jours encore.

Par un hasard extraordinaire, les plions qui avaient arrêté l'éboulement à quelques centimètres de mon corps, soutenaient, entre autres, une énorme pierre de cinquante centimètres de côté. Nous avions plusieurs fois remarqué cette pierre en descendant; elle était à dix-huit mètres du fond du puits. Comment se peut-il faire que quatre plions, en s'entrecroisant, avaient reçu ce choc d'un corps de deux cents kilos sans se rompre. Je ne le comprends pas. Elle s'était arrêtée à trente-cinq centimètres, un peu au-dessus, à droite de ma tête. Je pouvais la palper avec les mains.

Arrivés à un mètre de moi, les marnerons firent un trou avec la sonde. Ce trou était trop bas, vers mes pieds; on me croyait au fond du puits. On en fit un autre, à la hauteur de ma tête, un peu à droite, et *juste au-dessous de l'énorme pierre soutenue par quatre plions.* Alors il tomba encore sur moi quelques poignées de terre.

Aussitôt, avec un tube en plomb de deux mètres cinquante de long, on me donna un peu à boire: d'abord une cuillerée à café d'eau chaude. Cela me parut insupportable, j'en demandai une bouteille; mais on me refusa ; et de dix minutes en dix minutes on me donna une cuillerée à café de bouillon, et une de malaga.

On voulut alors procéder à mon sauvetage.

Deux ingénieurs et quatre garde-mines étaient réunis dans la galerie latérale creusée pour arriver jusqu'à moi. La délibération fut longue ; trois de ces messieurs voulaient me retirer ; trois autres le croyaient impossible. Mon avis prévalut. A l'aide d'une chandelle qu'on avait pu me faire passer, je voyais maintenant où j'étais ! Impossible de me retirer sans couper un ou deux des plions qui soutenaient la grosse pierre. Alors il était bien évident que celle-ci me tuerait sur le coup.

Il fut alors convenu que puisque j'étais appuyé le dos contre un mur de marne, très-solide, ce serait par ce côté qu'on me retirerait.

On commença donc un troisième puits.

On était parvenu à me passer des briques chaudes, que je posais entre mes genoux et que je laissais glisser jusqu'à mes pieds. Les premières qu'on me passa ainsi paraissaient extrèment chaudes aux gardiens qui m'ont veillé pendant douze jours et douze nuits; pour moi, j'en sentais à peine l'effet, tellement la vie était éteinte dans mes jambes. On me passa aussi une couverture, des caleçons de flanelle, toutes sortes de choses qui eussent été excellentes si j'avais pu faire un mouvement. Je pus seulement me couvrir la tête et une partie de la poitrine. Dans les quatre derniers jours, je refusai les briques parce que mes jambes enflées ne pouvaient plus faire le mouvement nécessaire pour les remonter.

Ma nourriture se composait de tapioca au lait, de bouillon, de vin de Malaga pour les premiers jours. Au bout du quinzième jour, je prenais une nourriture complète : peu de pain, mais de la viande. Un bifteck était descendu dans une assiette ; mais comme on ne pouvait passer que la main pour arriver à moi, le garde-malade pliait ce bifteck, l'enfonçait dans un verre et versait la sauce par-dessus. Alors il allongeait le bras autant que possible ; j'enfonçais le mien d'environ vingt-cinq centimètres, je m'emparais du verre et je mangeais absolument comme les sauvages, c'est-à-dire que je prenais ma viande par un bout et que je mordais à belles dents. Pendant mon repas, on me donnait trois ou quatre verres de vin. J'en buvais à la fin un litre et demi en vingt-quatre heures.

Nous interrompons ici le récit de Prévost pour relater la déposition d'un de ses amis qui vint coopérer au sauvetage et qui décrit ainsi l'aspect des travaux.

Le Puits de Burey la nuit.

« De Conches à Burey, il y a trois kilomètres. En suivant la route de Louviers, on trouve à gauche un chemin étroit, resserré par des haies de ronces et d'épines et des murs éboulés. Il était onze heures du soir. Je passai, silencieux et ému devant cette chaumière qui abritait la pauvre famille désolée. Prévost était déjà renfermé depuis quatorze jours.

« A deux cents pas de là, j'aperçus une clarté qui éclairait un arbre gigantesque et des toits de chaume et de tuiles, entr'autres celui de l'église. Je me dirigeai vers cet endroit. Un factionnaire, un gendarme silencieux est de service. Ici une immense quantité de terre, de cailloux, de marne, provenant des trois puits ; là, des tentes dressées ; autour des feux allumés se chauffent ou dorment les ouvriers qui attendent l'heure venue de reprendre le travail. On parle à voix basse. La

forge improvisée, seule, jette par intervalles,
dans ce silence lugubre, ses notes vibrantes
dont l'acier déchire le cœur, en même temps
que ses clartés blafardes qui donnent à l'église
des teintes sombres et fantastiques. De temps
en temps, le cri de la chouette rompt la mo-
notonie. Le cimetière est là, à côté, à deux
pas : tombeau des morts sous mes yeux, tombeau d'un vivant sous mes pieds. Depuis une
demi-heure, j'attends vainement de voir remonter une corbeille de marne ; mon cœur se
serre en entendant le bruit sourd de la pioche.
Je m'approche de l'orifice du puits. Je vois
faiblement une lumière, et je distingue à peine
la corbeille suspendue au-dessus de la tête
du mineur. Un nuage de poussière, compa-
rable à une fumée épaisse, s'élève du puits ;
c'est de la poussière de grès qui me saisit à
la gorge et m'empêche de rester plus longtemps
baissé au-dessus du puits. La pierre est d'une
dureté effrayante. J'apprends que depuis vingt-
quatre heures, trente-cinq ouvriers dont
vingt-cinq marnerons habitués aux plus
rudes travaux, ont creusé, en dépit de leurs
efforts, un pied en profondeur ! Le lendemain,
au burin, on creusait vingt-cinq centimètres.

« La mère de Prévost venait fréquemment

au puits, quoiqu'elle eût promis de n'y venir
que toutes les six heures. Je l'ai entendue
dire à l'ingénieur. « Rendez-moi mon fils,
Monsieur, je vous en supplie; il est là.
— Madame, lui répondit-il, nous ne pouvons
aller plus vite. » Et lui mettant un morceau
de pierre dans la main : « Tenez, dit-il, ceci
signifie que je vous rendrai votre enfant ».
— Dans combien de jours, Monsieur ? — Dans
trois jours peut-être ; je n'en suis pas sûr, mais
ce sera pour bientôt.

« Et la pauvre mère, qui savait son fils glacé,
malade, regagnait sa maison en pleurant. »

Nous revenons au récit de Prévost :

Je me rendais compte de l'état des travaux ;
je voyais que l'on n'avançait pas. Au bout de
quatorze jours de supplice, après avoir maintes
fois refusé de me dire quel jour c'était, on
me dit enfin que nous étions au mardi. Je
demandai alors quand on pourrait me remonter ; on me répondit : peut-être le vendredi,
peut-être le samedi ; et je répondis : « Si c'était
seulement pour dimanche. » — On me faisait
entendre que la pierre était excessivement
dure, et je me désespérais.

Il faut rendre hommage aux ingénieurs et garde-mines qui ont dirigé les travaux, ainsi qu'aux braves marnerons qui s'y sont dévoués. Les travaux ont été poussés sans relâche. A tour de rôle chaque ouvrier descendait dans le puits et mettait hors de service un ou plusieurs outils. A un moment donné, un ouvrier seul, nommé Gauthier, de Conches, plia six pics en une demi-heure, et les mit hors d'état de servir. Enfin, après avoir brisé des centaines d'outils, on dut recourir au burin. Les cinq derniers jours, le travail se fit avec ce seul instrument!!! Total, 120 heures au burin. Je pouvais donc bien me croire mort en entendant les marbriers travailler aussi longtemps pour ouvrir mon caveau.

Pendant ce temps je recevais des visites, des encouragements.

Je ne pouvais pas, comme on l'a dit, lire le journal, j'avais trop peu d'espace pour cela. Je fumai trois cigarettes, je refusai la quatrième. On me passait la chandelle quand je voulais manger. Pour chandelier, imaginez un bout de bois fendu par un bout; dans cette fente une chandelle, à angle droit, et j'enfonçais ce singulier chandelier entre deux plions.

Enfin les 466 heures de mon martyre sont écoulées. Le banc de marbre, et non de marne, était enfin percé. Un rayon de lumière pénètre dans mon cachot. Le trou s'agrandit ; je vois des hommes !

Au moment où on se disposait à m'emporter, je retirai mes jambes endolories et d'une grosseur inconcevable. Et chancelant, épuisé par vingt jours d'atroces souffrances, je me dirigeai, en m'appuyant sur les murs de la galerie, vers un matelas sur lequel je m'allongeai.

Pendant ce temps, cinq personnes étaient autour de moi. Puis, ingénieurs et garde-mines, la chandelle à la main, examinèrent successivement le cachot où j'avais vécu vingt jours. L'avis unanime fut que tenter l'entreprise par le premier puits de sauvetage eût causé un éboulement dans lequel j'aurais péri, et peut-être avec moi d'autres personnes. Ils ajoutèrent même que cet endroit était excessivement dangereux ; et comme preuve, lorsqu'on plaçait le doigt, sans appuyer, sur un de ces plions auxquels je devais la vie, on le voyait fléchir.

Le docteur, lui, me donnait ses soins. La glycérine que l'on mit sur mes plaies me fit horriblement souffrir. Quand on retira la charpie, un de mes doigts de pied n'avait plus de chair d'un côté !

Hors du Puits.

Deux heures plus tard, à minuit, le 22 octobre, j'exprimai à M. l'ingénieur mon désir de remonter. Il me dit que cela dépendait de la température ; que je ferais bien d'attendre le lendemain, et qu'en tout cas il fallait l'avis favorable du docteur. Celui-ci ayant consenti, on descendit le baquet qui devait me ramener au milieu des hommes.

On me place, bien couvert, sur un coussin, dans le baquet, à côté de M. Libourel garde-mine, qui devait diriger mon ascension. Nous nous élevons lentement. Il me semble à travers un silence anxieux et solennel, entendre le roulis du treuil, le mouvement des bras des quatre marnerons qui nous hissent. Enfin, je distingue un souffle, le souffle de centaines de poitrines humaines ; tout à coup, j'aperçois mille lumières apportées par une foule sympathique ; le garde-mine s'est élancé déjà hors du baquet, et au milieu d'une immense exclamation de joie, au milieu des larmes d'une foule d'amis, de parents et de personnes bienveillantes qui attendaient depuis longtemps ma délivrance, je suis emporté à la mairie de Burey où m'attendaient un bon feu et un bon lit.

Dans ce court trajet du puits à la mairie, je reconnus un ami d'enfance, et je lui criai : « Bonsoir, Bouvry ! ». Le cher garçon ne put me répondre, il était suffoqué par l'émotion.

Dans la mairie, le médecin, armé de ses ciseaux, ouvre mon pantalon du haut en bas. L'incision qu'il fait est aussitôt remplie par une énorme boursouflure. On dirait que ma chair aussi a besoin d'air et de liberté. Mes jambes nues faisaient l'effet d'une pièce de drap tellement elles avaient été serrées dans mon pantalon.

Peu d'instants après, mon père et ma mère arrivèrent ! Ma mère était méconnaissable. Mais c'est que Dieu lui avait réservé de ces afflictions encore plus cruelles que la perte d'un enfant ; elle a attendu, pendant huit jours, mon cadavre, cousant elle-même des boutons à la chemise dont elle voulait envelopper son fils. Et pendant douze autres jours, plus poignants peut-être, elle a su que j'étais vivant et toujours en face de la mort.

Mais le temps le plus affreux finit par s'é-
claircir; les sombres nuages se dissipent, blan-
chissent et s'éloignent. Sans doute aussi,
quoique sans les oublier jamais, les lugubres
événements qui se sont joué de notre famille
finiront par avoir des teintes moins sombres.
Le lendemain, on m'a rapporté chez mes
parents. Dans le court trajet, le soleil, qui ne
s'était pas montré de toute la matinée, se mit
à rire; j'en fis autant, cela me faisait du bien.
Et il m'accompagna ainsi jusqu'au lit préparé
par ma bonne mère.

Depuis je reçois bien des visites, des jour-
naux, même de Nice, et j'en suis fort recon-
naissant.

Je ne suis pas estropié, mais mes jambes
n'ont pas de vigueur; mes pieds sont encore
couverts de plaies. De temps en temps,
d'atroces douleurs se font sentir dans mes
genoux et dans les chevilles de mes pieds.
Alors, une invincible tristesse s'empare de
moi, et je verse des larmes amères que ne
parviennent pas toujours à sécher les caresses
des êtres chers qui m'entourent.

Heureux encore, si, comme compensation
de mes longues souffrances, je puis voir le
public s'intéresser à mon récit. J'ai écrit cette

brochure, je le dis sans fausse honte, pour me créer quelques ressources qui m'aideront en attendant mon complet rétablissement, et aussi parce que mon père, simple journalier a à sa charge trois enfants dont je suis l'aîné et une tante âgée de 85 ans, infirme.

Venir en aide à mon père et améliorer la condition des six personnes dont il est en ce moment, par suite de mes malheurs, l'unique soutien, voilà ce que je demande à Dieu et à mes semblables comme compensation de mon long martyre.

Henri PREVOST.

Burey, le 4 décembre 1877.

Rouen. — Imprimerie Giroux et Fourey.

www.ingramcontent.com/pod-product-compliance
Lightning Source LLC
Chambersburg PA
CBHW061611180626
46818CB00005B/2030